Analyse de l'œuvre

Par Sarah Barnett-Benelli

L'auberge de la Jamaïque

Daphne du Maurier

lePetitLittéraire.fr

Analyse de l'œuvre

Par Sarah Barnett-Benelli

L'auberge de la Jamaïque

Daphne du Maurier

Rendez-vous sur lepetitlitteraire.fr et découvrez :

Plus de 1200 analyses
Claires et synthétiques
Téléchargeables en 30 secondes
À imprimer chez soi

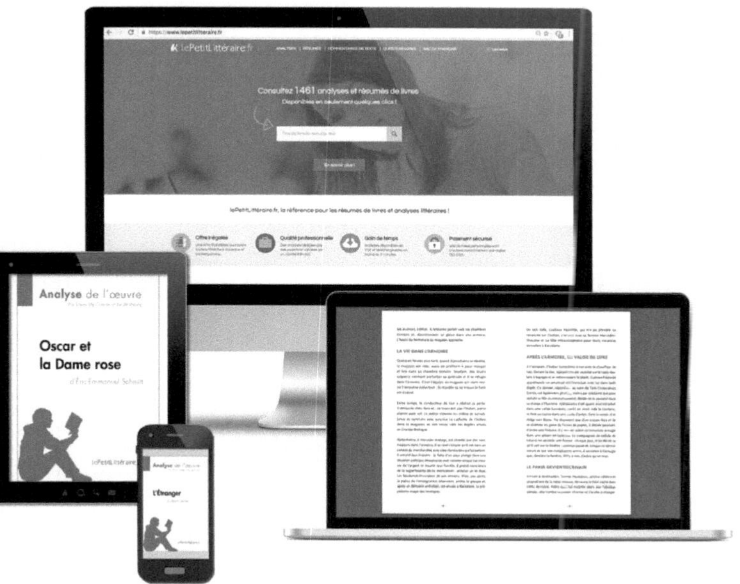

DAPHNE DU MAURIER

ÉCRIVAINE ANGLAISE

- **Né à Londres en 1907.**
- **Décédé en Cornouailles en 1989.**
- **Travaux notables :**
  - *Rebecca* (1938), roman
  - *Ma cousine Rachel* (1951), roman
  - *Les oiseaux et autres histoires* (1963), recueil de nouvelles

Daphne du Maurier est née à Londres en 1907. Son père était l'acteur-manager Sir Gerald du Maurier et son grand-père était le romancier George du Maurier. Elle a épousé le lieutenant-général Sir Frederick Browning en 1932 et ils ont eu trois enfants. Elle a vécu la majeure partie de sa vie adulte en Cornouailles, dont les paysages accidentés et les mers sauvages ont inspiré nombre de ses romans, dont *L'Auberge de la Jamaïque*. Au total, elle a écrit 18 romans, cinq recueils de nouvelles et neuf ouvrages non fictionnels, dont une biographie de son père. Plusieurs de ses romans ont été adaptés à l'écran, notamment *Rebecca*, *My Cousin Rachel* et *L'Auberge de la Jamaïque*. Son roman le plus réussi est *Rebecca*, qui n'a jamais été épuisé. Elle était une conteuse hors pair, dont l'utilisation d'images vivantes et l'intrigue dramatique permettent au lecteur de tourner les pages. En 1969, elle a été nommée Dame de l'Empire britannique pour ses services à la littérature.

L'AUBERGE DE LA JAMAÏQUE

- **Genre :** Roman
- **Édition de référence :** Du Maurier, D. (2015) *Jamaica Inn*. Londres : Virago Press.
- **1ère édition :** 1936
- **Thèmes :** amour, loyauté, confiance, mal, religion, lumière et obscurité, voyage.

L'Auberge de la Jamaïque est un roman centré sur l'auberge du même nom. Située dans un endroit sauvage et isolé de Bodmin Moor, en Cornouailles, l'auberge est au centre d'un réseau de contrebandiers et de naufrageurs, apparemment dirigé par le propriétaire, Joss Merlyn. Joss est un meurtrier et un ivrogne qui maltraite sa femme Patience. L'innocente Mary Yellan, la nièce de Patience, qui a promis à sa mère, sur son lit de mort, d'aller vivre avec sa tante, entre dans ce scénario. Mary est prise dans des événements terrifiants, alors qu'un navire fait naufrage sous ses yeux et que les survivants sont battus à mort. Elle est tombée amoureuse de Jem, le frère de Joss Merlyn, mais n'est pas encore sûre de pouvoir lui faire confiance. Elle se tourne vers le vicaire d'Altarnun, en qui elle croit pouvoir avoir confiance, pour découvrir qu'il est le monstre à la tête du réseau de contrebande.

RÉSUMÉ

« C'était une journée grise et froide de la fin novembre »
(p. 1). La première ligne de *L'Auberge de la Jamaïque*
plante le décor. Le temps est mauvais et le vent souffle
en rafales. Une voiture traverse la lande de Bodmin dans
un bruit sourd. Son unique occupant est Mary Yellan, une
jeune femme qui vient de soigner sa mère veuve au cours
de sa dernière maladie. La dernière volonté de sa mère
était que Mary quitte la ferme où elles avaient travaillé
ensemble et aille vivre avec sa tante Patience et le mari
de celle-ci, Joss Merlyn, à Bodmin. Ce que la mère de
Mary ne savait pas, c'est que Joss Merlyn est un ivrogne
violent, un contrebandier et un meurtrier. Le couple ne
vit plus dans la ville de Bodmin, mais sur la lande, dans
une auberge isolée appelée L'Auberge de la Jamaïque,
dont Joss est le propriétaire. Le cocher suppose que Mary
va se rendre à Launceston et est horrifié lorsqu'elle dit
qu'elle veut être déposée à L'Auberge de la Jamaïque,
l'avertissant que « ce n'est pas un endroit pour une fille
[...] les gens respectables ne vont plus en Jamaïque »
(pp. 10-11).

Le chauffeur nerveux dépose Mary devant l'auberge
sombre aux volets fermés et met les chevaux en route.
Les verrous sont retirés et un homme énorme ouvre la
porte. C'est Joss Merlyn. Joss mesure près de deux mètres
de haut et est bâti comme « un gorille géant » (p. 16).
Mary est choquée lorsqu'elle voit sa tante Patience, dont
elle se souvient comme d'une belle femme habillée de
soie. La tante Patience n'est plus qu'une femme chétive

et décharnée, visiblement terrifiée par son mari. Joss prévient Mary que si elle « bavarde » sur ce qu'elle voit à L'Auberge de la Jamaïque, il la « brisera » (p. 22).

DES VISITEURS ET UNE TENTURE AU L'AUBERGE DE LA JAMAÏQUE

Quelques jours après l'arrivée de Mary, Joss lui ordonne de travailler derrière le bar. Les clients arrivent, une bande de voleurs et de mendiants qui se faufilent furtivement et sont bientôt ivres. À minuit, Mary monte dans sa chambre et dort, mais elle est réveillée par le bruit de choses lourdes traînées sur le sol en pierre en dessous. Elle soulève un coin du store, voit des wagons en train d'être déchargés et réalise ce qui se passe : L'Auberge de la Jamaïque est au centre d'un réseau de contrebande (pp. 47-8). Mary se glisse au rez-de-chaussée et entend la voix d'un homme qui dit à Joss qu'il n'est pas prêt à être impliqué dans un meurtre. Joss menace de pendre l'homme. Mary entend des bruits de pas dans la chambre située au-dessus de la chambre opposée à la sienne. Quelqu'un descend les escaliers. Joss murmure à l'homme inconnu : « C'est à toi de le dire » Cp. 59). Puis elle voit un nœud coulant suspendu à une poutre (p. 60). Le lendemain matin, tout a été nettoyé et c'est comme si rien ne s'était passé.

PREMIÈRE RENCONTRE AVEC JEM MERLYN

Mary est en train de frotter les drapeaux de pierre du passage lorsque Jem, le frère de Joss Merlyn, entre dans le bar et se sert une bière. Aucun des deux ne sait qui est l'autre : Mary pense que Jem est l'un des amis peu recommandables de Joss, tandis que lui pense qu'elle est une femme que Joss a fait venir pour s'amuser : « que faites-vous de la pauvre Patience le soir ? Vous la jetez par terre ou vous dormez tous les trois de front ? » (p. 67). Par la suite, il s'excuse et essaie de vendre à Mary un poney volé, et ils finissent par rire ensemble (p. 73). Maintenant, il parle sérieusement à Mary, lui expliquant qu'il ne s'est jamais entendu avec son frère et lui disant où se trouve sa maison de campagne si jamais elle a besoin de lui. Mary « aurait eu confiance en lui si son nom n'avait été autre que Merlyn » (p. 74).

LA VISITE DU SQUIRE BASSET

Le visiteur suivant est le Squire Basset, qui arrive à l'improviste lorsque Joss est absent. Il est dégoûté par l'État de l'endroit et insiste pour regarder autour de lui. Il exige de voir la chambre aux fenêtres grillagées et, comme les deux femmes ne parviennent pas à présenter une clé, il enfonce la porte, mais il est déçu car la chambre est vide. Le Squire Basset demande à Mary si quelqu'un vient parfois à l'auberge. C'est l'occasion pour Mary de traduire Joss en justice, mais elle ment et dit non. Le Squire Basset lui demande si Jem Merlyn vient parfois à l'auberge et Mary ment à nouveau : « Il ne vient jamais ici » (p. 87).

PREMIÈRE RENCONTRE AVEC FRANCIS DAVEY, LE VICAIRE D'ALTARNUN

Mary rencontre Francis Davey pour la première fois alors qu'elle est perdue dans la lande. Elle s'était mise à suivre Joss mais avait pris un mauvais chemin. Voyant qu'elle est fatiguée, le vicaire la fait monter sur son cheval et l'emmène au presbytère, qui est un havre de paix comparé à L'Auberge de la Jamaïque. Réchauffée par le feu et le thé qu'il lui offre, elle se détend et lui raconte son histoire. Il lui dit qu'il est son ami et qu'elle peut venir le voir si elle est inquiète ou angoissée (p. 104). Il la ramène chez elle en calèche et, en regardant par la fenêtre, ils voient tous deux un Joss ivre, affalé et endormi sur la table de la cuisine (p. 107). Joss a commencé une beuverie de cinq jours qui l'amène à raconter à une Mary choquée les bateaux qu'il a attirés sur les rochers et les hommes, femmes et enfants qu'il a poussés sous l'eau ou battus à coups de pierres pour pouvoir voler leurs biens (pp. 126-32).

FOIRE DE LAUNCESTON

Laissant Joss dans sa stupeur alcoolique, Mary se promène sur la lande et tombe inopinément sur Jem. Celui-ci l'invite à l'accompagner la veille de Noël à la foire de Launceston, où il veut vendre un poney qu'il a volé au Squire Basset. Mary n'est toujours pas sûre de faire confiance à Jem, mais elle décide néanmoins de l'accompagner. Jem vend le poney volé à une dame bien habillée qui s'avère être Mme Basset. Jem embrasse Mary et lui propose de passer la nuit ensemble à Launceston. Ils se sont beaucoup amusés ensemble et Mary sait qu'elle est en train de tomber amoureuse de Jem, mais elle refuse de passer la nuit avec lui. Jem va chercher le jingle pour la ramener chez elle mais ne revient pas. Il a été reconnu par Richards, le cocher du Squire Basset, et emmené. En essayant de rentrer à pied, Mary fait une deuxième rencontre avec Francis Davey, qui vient de Launceston dans une diligence louée et insiste pour qu'elle y monte. Cette fois, elle se sent mal à l'aise avec lui, mais elle souhaite néanmoins l'accompagner lorsqu'il descend de la voiture près de chez lui. Il l'envoie dans la diligence jusqu'à L'Auberge de la Jamaïque.

UN DÉMOLISSEUR

Alors que la calèche approche de L'Auberge de la Jamaïque, Mary entend un coup de feu, puis un autre : Joss, un ivrogne, a tué le cocher et tient le pistolet sous la gorge de Mary avant de la frapper au visage. Avec ses amis ivres, Joss part en calèche vers la côte, forçant Mary à les suivre. C'est un voyage cauchemardesque. Sur la côte, Mary voit de ses propres yeux toute l'horreur de ce que font les hommes. Elle court sur la plage pour tenter d'avertir le capitaine du navire, mais les hommes de Joss lui donnent des coups de pied et la piétinent, et elle est attachée avec des sacs.

UN JOSS MERLYN EFFRAYÉ

Le lendemain, de retour à l'auberge, Joss est nerveux et à cran. Il dit à Mary et Patience que tout est fini maintenant, qu'il est chassé de deux côtés, mais n'explique pas ce qu'il veut dire. Joss est terrifié lorsqu'il entend gratter les volets à l'extérieur. Il s'agit d'Harry le colporteur, qui dit être venu prévenir Joss que tout le comté est à sa recherche. Ce que Harry veut vraiment, c'est sa part du butin. Harry suggère que Joss n'est pas le cerveau de l'opération et qu'il y a quelqu'un au-dessus de lui. Un Joss enragé menace de tuer Harry, puis le jette dans la pièce où ils stockent les marchandises et l'enferme (p. 208).

Joss décide que lui, Patience et Mary quitteront l'auberge cette nuit-là et tenteront de s'échapper. Mary est déterminée à ne pas l'accompagner. Elle veut parler à Francis Davey mais Joss l'a enfermée dans sa chambre. Jem Merlyn arrive et jette du gravier sur sa fenêtre. Lorsqu'il voit les blessures de Mary, il menace de tuer Joss.

Mary s'échappe par la fenêtre cassée de sa chambre et traverse la lande jusqu'au presbytère. Lorsqu'elle constate que Francis Davey n'est pas là, elle laisse une lettre à sa gouvernante et se rend chez le Squire Basset. Constatant qu'il n'est pas non plus à la maison, Mary, désespérée, raconte son histoire à Mme Basset. Bien qu'elle se méfie d'abord de Mary, Mme Basset croit son histoire et lui dit que le châtelain est déjà en route pour L'Auberge de la Jamaïque avec un groupe d'hommes pour arrêter Joss. Mary, inquiète pour tante Patience, décide de retourner à L'Auberge de la Jamaïque. Une Mme Basset inquiète appelle Richards, son palefrenier, pour qu'il y emmène Mary dans la trappe. Mary entre seule dans l'auberge pour découvrir que Joss a été assassiné. Lorsque le Squire Basset arrive avec ses hommes, ils découvrent Tante Patience morte à l'étage (pp. 245-252).

On entend un cheval sur la route. Le cavalier est Francis Davey, portant la lettre que Mary lui a laissée. Il ramène Mary dans le sanctuaire supposé du presbytère et lui annonce qu'il est le cerveau du réseau de contrebande et qu'il a assassiné Joss et tante Patience (p. 274). Mary avait craint que Jem soit l'homme au-dessus de Joss, et qu'il ait assassiné son frère à cause d'elle. Maintenant, elle sait que « l'homme qu'elle aime est libre et n'a aucune tache de sang sur lui » (p. 279). Francis Davey sait que son identité a été découverte – par Jem – et que la loi le rattrapera bientôt.

Dans l'apogée finale et désespérée du roman, nous voyons Francis Davey traîner Mary, bâillonnée et les bras liés, à travers le tor de granit brumeux pour aller en Espagne. La nuit se termine avec des chiens de chasse et une équipe de recherche, dirigée par Jem Merlyn. C'est Jem qui tue le vicaire (p. 292).

Le livre se termine par un autre voyage, heureux cette fois. Mary et Jem Merlyn partent à l'aventure pour faire une nouvelle vie ensemble.

ÉTUDE DE CARACTÈRE

MARY YELLAN

Mary Yellan est l'héroïne de l'histoire. C'est une jeune femme fougueuse et physiquement forte grâce à ses années de travail dans la ferme de sa mère. À la mort de sa mère, Mary préférerait rester à Helford et travailler seule à la ferme familiale, mais sa mère croit qu'« une fille ne peut pas vivre seule […] sans devenir folle dans sa tête ou devenir mauvaise » (p. 6). Sur son lit de mort, Mary promet à sa mère qu'elle ira vivre avec sa tante Patience et son mari Joss Merlyn à Bodmin, mais son « cœur était lourd et affligé à la pensée d'un avenir si incertain et changé » (p. 7). Ce que la mère de Mary ne sait pas, c'est que Joss est maintenant le propriétaire de L'Auberge de la Jamaïque, une auberge isolée dans la lande et qui a mauvaise réputation. Mary tient sa promesse, mais le mal qu'elle rencontre à L'Auberge de la Jamaïque dépasse tout ce que Mary ou sa mère auraient pu imaginer. Elle y reste dans l'espoir de sauver sa tante Patience.

Mary avait décidé, lorsqu'elle était encore à Helford, qu'elle ne se marierait jamais. Elle n'avait pas été impressionnée lorsqu'un voisin qui avait bu du cidre l'avait embrassée derrière une grange à foin, et elle avait vu les couples mariés désabusés, aux prises avec un bébé, qui, un an auparavant, se promenaient main dans la main dans Lover's Lane (pp. 135-6). Pourtant, elle se surprend à tomber amoureuse, contre son gré, de Jem Merlyn. La journée qu'elle passe avec lui à la foire de Launceston est remplie de rires et d'amusements, ce qui a marqué à sa vie jusqu'à présent.

JOSS MERLYN

Joss Merlyn est un géant de près de deux mètres de haut. Il a des bras qui lui arrivent presque aux genoux et des poings comme des jambons. Il a l'apparence d'un gorille géant, avec ses épais cheveux noirs et ses sourcils. C'est un gros buveur, une brute et un meurtrier qui a transformé sa femme Patience en une épave recroquevillée. Il tente d'intimider Mary, mais éprouve un certain respect pour elle lorsqu'elle lui tient tête. Il est le propriétaire du L'Auberge de la Jamaïque, mais les seuls clients qui s'y rendent sont les voleurs et les meurtriers qui font partie du vaste réseau de contrebande dont Joss, pensent-ils, est le patron. En fait, Joss n'est pas le cerveau de l'opération, mais lorsque Harry le colporteur ose le suggérer, Joss, furieux, menace de le tuer et l'enferme dans la cave (pp. 206-9). Cependant, Joss n'a pas que des défauts : lorsqu'il est ivre, il sanglote comme un enfant et est apaisé par sa femme Patience qui, à la grande fureur de Mary, le soigne tendrement comme s'il était un bébé (p. 108). Après s'être rétabli, il blâme Patience : « pourquoi m'as-tu laissé boire ? » (p. 196). Joss, qui a assassiné des hommes librement, est terrifié maintenant qu'il sait qu'il risque d'être pris (*ibid.*).

TANTE PATIENCE

Patience Merlyn est la tante de Mary, la soeur de sa mère. Avant d'épouser Joss Merlyn, Patience était une belle femme qui s'amusait beaucoup. Elle portait des robes de soie et des rubans dans son bonnet lorsqu'elle est venue rendre visite à Mary et à sa mère 12 ans auparavant. On nous dit qu' « elle était jolie comme une fée » (p. 6). La mère de Mary n'a jamais rencontré Joss mais se souvient que, lorsqu'ils se sont mariés, Patience écrivait « un paquet de bêtises étourdies que l'on s'attendrait à voir écrites par une fille, pas par une femme de plus de trente ans » (*ibid.*). Mary est surprise par la lettre plutôt étrange qu'elle reçoit de sa tante après la mort de sa mère. Dans cette lettre, sa tante lui dit qu'elle pourrait venir et qu'elle aurait de la compagnie en hiver, mais qu'elle devrait aider à la maison et au bar et ne doit pas s'attendre à recevoir d'argent. Mary a promis à sa mère d'y aller, mais elle est certaine que sa mère ne savait pas que Joss Merlyn était maintenant aubergiste. Lorsque Mary arrive à l'auberge L'Auberge de la Jamaïque, elle se rend compte de la situation réelle. Sa tante, heureuse et pleine de vie, est maintenant une femme effrayée et intimidée qui semble plus âgée qu'elle ne l'est en réalité. Il est clair qu'elle est soumise à la violence de son mari, mais elle insiste néanmoins sur le fait qu'il est un bon mari pour elle (p. 19). La seule raison pour laquelle Mary reste au L'Auberge de la Jamaïque lorsqu'elle réalise ce qui s'y passe est qu'elle veut aider sa tante à s'échapper.

JEM MERLYN

Jem Merlyn est le jeune frère de Joss. Il lui ressemble un peu mais à 20 ans de moins et est beaucoup plus beau. Sa première rencontre avec Mary ne se passe pas sous les meilleurs auspices : il pense qu'elle est la dame de compagnie de Joss, tandis qu'elle pense qu'il est l'un des amis criminels de Joss. En fait, les deux frères ne s'entendent pas. Mary se méfie de Jem à cause de ce qu'il est, mais elle est de plus en plus attirée par lui. Il a admis être un voleur de chevaux mais affirme n'avoir jamais tué un homme. Ils passent quelques heures agréables ensemble lorsqu'elle le croise accidentellement sur la lande. Mary nettoie son cottage et leur prépare un repas à tous les deux. Jem l'invite à l'accompagner à la foire de Launceston la veille de Noël, ce qu'elle fait. Ils s'amusent et rient beaucoup ensemble. Jem vend le poney qu'il a volé au Squire Basset à Mme Basset, la femme du Squire qui ne se doute de rien. Jem achète à Mary un châle cramoisi et des boucles d'oreilles en or. Il embrasse Mary et elle réalise qu'elle est en train de tomber amoureuse de lui. Jem suggère qu'ils passent la nuit ensemble à Launceston, car le temps est si mauvais sur la lande. Mary est tentée mais ne veut pas perdre la tête. Elle ne fait pas encore totalement confiance à Jem. La journée se termine par un désastre : Jem est reconnu par Richards, le palefrenier du marquis Basset, et emmené dans la voiture du marquis. Mary doit essayer de trouver son propre chemin à travers la lande. En fin de compte, Jem s'avère être le héros du livre : il découvre la véritable identité de l'homme au-dessus de Joss dans le réseau de contrebande et le tue alors qu'il tente d'enlever Mary. Dans la dernière scène du livre, Mary et Jem partent à l'aventure pour commencer une nouvelle vie ensemble.

FRANCIS DAVEY, LE VICAIRE D'ALTARNUN

Francis Davey est la personnification ultime du mal dans le livre, un homme qui, en tant que vicaire à la voix douce, gagne la confiance de Mary. C'est un homme à l'apparence étrange, un albinos aux cheveux blancs, aux yeux blancs et au visage jeune et lisse. C'est Francis, et non Joss Merlyn, qui est à l'origine du réseau de contrebande qui s'est étendu à travers les Cornouailles jusqu'à la Tamar. C'est Francis qui organise le naufrage des navires et décide qui doit mourir (comme dans l'incident de l'homme pendu à L'Auberge de la Jamaïque, au chapitre quatre). Mary le rencontre pour la première fois lorsqu'elle se perd dans la lande, après avoir tenté de suivre Joss. Francis est gentil avec elle et insiste pour qu'elle monte son cheval jusqu'au presbytère, où il lui offre du thé. Comparé à L'Auberge de la Jamaïque, le presbytère ressemble à un havre de paix, et Mary se détend et se confie à lui : « J'ai de gros problèmes » (p. 99). Elle lui raconte également les choses qu'elle a vues à l'auberge (pp. 99-104). Il met tout cela sur le compte de son imagination et lui suggère de ne rien faire, mais de « jouer la carte de l'attente » (p. 103) et de venir le voir lorsque les chariots reviendront : « Nous pourrons alors décider ensemble de ce qu'il y a de mieux à faire, à condition que vous me fassiez à nouveau l'honneur de votre confiance » (*ibid.*). Avant de ramener Marie chez elle dans sa charrette, il lui dit : « Je suis ton ami, tu peux me faire confiance. Si jamais tu es inquiète ou angoissée de quelque manière que ce soit, je veux que tu viennes me le dire » (p. 103-4). Francis Davey a des idées étranges. Il a rejeté les croyances chrétiennes que l'on attend d'un vicaire au profit de croyances païennes : il dit vivre dans le passé « quand les rivières et les mers ne faisaient qu'un et que les vieux dieux marchaient sur les collines » (p. 274). Il méprise ses paroissiens, qu'il représente dans un dessin grotesque avec des têtes et des sabots de moutons repliés en prière. Dans la scène terrifiante qui constitue le point culminant du livre, il oblige Mary à l'accompagner alors qu'il tente de s'échapper d'Altarnun en traversant les torses granitiques.

ÉCUYER BASSET

Le Squire Basset est le propriétaire terrien local. L'Auberge de la Jamaïque est sa propriété, mais il a été dupé pour la louer à Joss. Il sait que Joss est un criminel et veut le voir attrapé et pendu. Il rend une visite inattendue à L'Auberge de la Jamaïque dans l'espoir de l'interroger, mais Joss n'est pas là. Patience est une épave tremblante, mais Mary traite le squire avec sang-froid. Elle ment lorsqu'on lui demande si elle a déjà vu ou entendu quelque chose, et ment encore lorsqu'il lui demande si elle connaît Jem, le frère de Joss. Mary se dit qu'elle ment pour protéger Patience, mais elle réalise qu'elle veut vraiment protéger Jem. Le poney que Jem propose de vendre à Mary a été volé au Squire Basset, et il le revend à Mme Basset, qui ne se doute de rien, à la foire de Launceston. Le Squire Basset prend de l'importance au fur et à mesure que l'histoire progresse, car à la fin, c'est dans son manoir que Mary se rend lorsque, cherchant de l'aide, elle constate que le vicaire d'Altarnun n'est pas chez lui. Au début, Mme Basset se méfie d'elle, mais elle devient aimable lorsqu'elle se rend compte que Mary lui dit la vérité sur ce qu'elle a vu. Les Basset donnent refuge à Mary après le meurtre de Joss et de sa tante et après que Francis Davey ait été démasqué et tué par Jem. Ils lui offrent un foyer permanent chez eux, mais ce n'est pas ce qu'elle veut.

ANALYSE

LE PARCOURS D'UNE HÉROÏNE

Le voyage de Mary Yellan de la lumière aux ténèbres a des éléments du voyage du héros mythologique, alors qu'elle laisse derrière elle le monde familier de Helford dans le doux sud des Cornouailles pour aller vers une vie inconnue dans le nord sauvage. Le monde dans lequel elle entre est un monde de violence, de meurtre et de tromperie, où des hommes sont pendus et où des navires sont délibérément détruits. Daphne du Maurier utilise une langue vivante pour décrire la transition, alors que Mary traverse Bodmin Moor en calèche en direction de sa nouvelle maison, L'Auberge de la Jamaïque :

> « *Comme elles sont maintenant lointaines et peut-être cachées pour toujours, les eaux brillantes de Helford, les collines vertes et les vallées en pente, le groupe de cottage blanc au bord de l'eau. C'est une pluie douce qui est tombée à Helford [...] et qui s'est infiltrée dans le sol reconnaissant qui a rendu des fleurs en échange. C'est une pluie battante, impitoyable, qui a piqué les vitres de la diligence et s'est infiltrée dans un sol dur et stérile [...] même si le printemps respirait sur un tel endroit, aucun bourgeon n'oserait venir à la feuille par peur du gel qui le tuerait* » (p. 3)

Marie effectue également d'autres voyages au fil de l'histoire, certains par choix, d'autres contre sa volonté Chacun de ces voyages marque une étape dans le développement de l'histoire et dans la croissance de la maturité et de la connaissance de soi de Mary. Elle surmonte la peur, la douleur physique et la perte avant d'être confrontée au mal absolu en la personne du vicaire d'Altarnun, qui se révèle être le monstre qu'il est réellement.

Rien n'est comme il devrait être dans ce roman. Tante Patience devrait accueillir sa nièce orpheline dans un foyer aimant ; son mari Joss devrait être l'homme merveilleux sur lequel Patience a écrit à sa famille lors de leur mariage ; L'Auberge de la Jamaïque devrait être un endroit où les voyageurs fatigués peuvent se reposer et faire une pause ; et le vicaire d'Altarnun devrait être un homme de Dieu digne de confiance. Tout est inversé. Mary n'a pas encore appris à qui elle peut faire confiance. Elle est tombée amoureuse de Jem Merlyn, mais le fait qu'il soit le frère de Joss et lui ressemble beaucoup la retient. En fait, dans un autre renversement des archétypes, Jem, avec son allure de gitan et son passé de voleur de chevaux, devient le héros qui déjoue Francis Davey et finit par l'abattre dans la scène gothique finale au sommet de la tour de granit.

ÉLÉMENTS DU ROMAN GOTHIQUE

On retrouve de nombreux éléments du roman gothique dans *L'Auberge de la Jamaïque*, où le langage est utilisé pour évoquer une atmosphère de pressentiment, comme la « lande rugueuse se profilant, noire comme l'encre, dans le vent et la pluie » (p. 14) et les « hautes cheminées, sombres dans l'obscurité » (*ibid.*) lorsque la diligence approche de L'Auberge de la Jamaïque. Le conducteur de la diligence a déjà prévenu Mary que « la Jamaïque a mauvaise réputation et qu'on y raconte de drôles d'histoires » (p. 11). Il ne cesse de jeter des coups d'œil à la maison en déposant Mary, et fait monter aux chevaux « une fièvre d'anxiété » (p. 14) alors qu'il s'enfuit précipitamment. Il est clair qu'il y a quelque chose à craindre ici, ce qui est souligné par l'apparition de Joss Merlyn, avec ses crocs semblables à ceux d'un loup (p. 16), et de la tante Patience de Mary, recroquevillée et en pleurs (p. 18). La femme hantée et terrifiée est un trope gothique typique, incarné dans *L'Auberge de la Jamaïque* par la tante Patience, dont les « grands yeux creux fixent la table avec terreur » (p. 35) lorsqu'elle avertit Mary que « des choses se produisent à Jamaica que je n'ai jamais osé respirer. De mauvaises choses. Des choses diaboliques » (p. 36).

Parmi les autres caractéristiques du roman gothique, citons la nature sauvage et indomptable, incarnée dans *L'Auberge de la Jamaïque* par Bodmin Moor, avec ses tourbières et ses marais qui peuvent engloutir un homme en quelques secondes, ses brumes soudaines et ses énormes torses de granit. Les tors représentent un monde ancien, où les rochers deviennent des « dalles d'autel » (p. 285) et où « le vent s'agite et pleure, sanglotant de vieilles histoires de sang versé et de désespoir » (p. 286).

Le monstre maléfique est un autre trope gothique, et dans *L'Auberge de la Jamaïque*, nous voyons cette figure incarnée par l'étrange Francis Davey, qui dit à Mary qu'il n'appartient pas au temps présent, mais « au début des temps, quand les rivières et les mers ne faisaient qu'un et que les vieux dieux marchaient sur les collines » (p. 274). Lors du voyage forcé de Mary vers les torses, dans la terrifiante scène finale, il lui parle des morts païens qui gisent sous l'église, et Mary se souvient :

> *« Le passage sombre de L'Auberge de la Jamaïque [...] comment elle s'était tenue là avec son oncle mort sur le sol, et il y avait dans les murs un sentiment d'horreur et de peur qui était né d'une cause ancienne. Sa mort n'était rien, n'était qu'une répétition de ce qui avait été avant, il y a longtemps dans le temps, quand la colline où se trouvait Jamaica aujourd'hui était nue, sauf pour la bruyère et la pierre. Elle se souvenait qu'elle avait frissonné comme si elle avait été touchée par une main froide et inhumaine; et elle frissonnait maintenant en regardant Francis Davey avec ses cheveux et ses yeux blancs: des yeux qui avaient regardé le passé »* (pp. 280-1).

UN NOUVEAU DÉPART

« C'était une journée dure et lumineuse de début janvier » (p. 293). Le sol est blanc de givre et le ciel est bleu. Joss Merlyn et tante Patience sont morts. Francis Davey est mort, tué par Jem Merlyn alors qu'il se tenait « sur une large dalle comme un autel » au sommet du tor :

> *« Il resta un moment immobile comme une statue, ses cheveux flottant au vent, puis il étendit les bras comme un oiseau qui jette ses ailes pour s'envoler, et il tomba soudainement et tomba de son sommet de granite vers la bruyère humide et les pierres en ruine »* (p. 292).

Mary est maintenant libre de faire ce qu'elle veut, et ses pensées se tournent vers les vertes vallées de Helford. Elle éprouve « une étrange nostalgie de la maison dans son coeur et la vue de visages chauds et familiers » (p. 293). Mary est restée chez les Basset, qui ont été gentils. Ils aimeraient qu'elle reste avec eux pour accompagner Mme Basset et peut-être aider les enfants, qui l'adorent. Leur petit garçon, Henry, veut même lui donner son poney. Cependant, Mary sait qu'elle n'est pas à sa place là-bas et qu'il y a trop de rappels de L'Auberge de la Jamaïque. Elle n'a pas vu Jem depuis qu'il a tué Francis Davey à Roughtor. Se promenant seule sur la lande, elle décide de quitter les Bassets et d'aller à Helford. C'est alors qu'elle aperçoit au loin une charrette qui trace des traces dans la gelée blanche. Mary doit se protéger les yeux du soleil pour observer sa progression. La charrette est chargée d'articles ménagers, de casseroles et de matelas. Ce n'est qu'alors qu'elle réalise qu'il s'agit de Jem Merlyn. Il s'en va, dit-il, pour aller là où sa fantaisie l'entraîne, peut-être dans les Midlands. Mary lui dit qu'il n'est pas raisonnable (p. 299) :

> « Comment puis-je être raisonnable quand tu t'appuies sur mon cheval, avec tes cheveux sauvages et idiots emmêlés dans sa crinière, et que je sais que dans cinq minutes je serai au-delà de la colline là-bas sans toi [...] ? » (p. 300)

Dans la touchante scène finale, Mary grimpe dans la charrette à côté de lui. Jem l'avertit qu'elle aura « une vie dure et sauvage », mais elle lui répond qu'elle « prendra le risque » (P. 301).

« Est-ce que tu m'aimes, Mary ? »

« Je crois que oui, Jem. »

« Il rit alors et lui donna les rênes et elle ne regarda plus par-dessus son épaule, mais fixa son visage vers le Tamar » (pp. 301-2).

Mary aurait pu choisir le confort et la sécurité avec la famille Basset. Elle aurait pu choisir la familiarité à Helford. Au lieu de cela, de son plein gré, prenant les rênes en main, elle choisit l'aventure et de suivre son cœur.

QUELQUES QUESTIONS À MÉDITER...

- Mary promet à sa mère malade qu'elle ira vivre chez sa tante Patience après sa mort. Compte tenu du changement de situation de sa tante, que sa mère ne connaissait pas, pensez-vous que Mary était toujours liée par sa promesse ?

- Êtes-vous d'accord avec Mary pour dire que Patience, en gardant le silence sur ce qu'elle a vu, est aussi une meurtrière (p. 134) ?

- Daphne du Maurier a écrit *L'Auberge de la Jamaïque* en 1936. Pensez-vous qu'il s'agit toujours d'une lecture passionnante aujourd'hui ? Pourquoi ou pourquoi pas ?

- Pensez-vous qu'il soit compréhensible que Mary ait fait confiance à Francis Davey parce qu'il était vicaire ?

- Y avait-il des signes qui auraient pu alerter Mary plus tôt sur le fait que Francis Davey n'était pas ce qu'il semblait être ?

- L'histoire se déroule dans une région sauvage et accidentée des Cornouailles. Quelle importance accordez-vous à cet aspect de l'histoire ?

- Pensez-vous que l'utilisation vivante de la langue par Daphne du Maurier contribue à créer une atmosphère de peur ? Trouvez quelques exemples pour illustrer votre réponse.

- Que pensez-vous de la décision de Mary d'aller avec Jem Merlyn à la fin du livre ?

AUTRES LECTURES

ÉDITION DE RÉFÉRENCE

- Du Maurier, D. (2015) *Jamaica Inn*. Londres : Virago Press.

SOURCES SUPPLÉMENTAIRES

- Du Maurier, D. et Taylor, H. (2004) *Myself When Young : The Shaping of a Writer*. Londres : Virago Press.
- Du Maurier, D. et Holroyd, M. (2004) *The Du Mauriers*. Londres : Virago Press.

ADAPTATIONS

- *Jamaica Inn*. (2014) [Mini-série télévisée]... Philippa Lowthorpe. Dir. Royaume-Uni : Origin Pictures,.
- *Jamaica Inn*. (1939) [Film]. Alfred Hitchcock. Dir. Royaume-Uni : Mayflower Productions.

Votre avis nous intéresse !
Laissez un commentaire sur le site de votre librairie en ligne
et partagez vos coups de cœur sur les réseaux sociaux !

lePetitLittéraire.fr

- des analyses de livres
- des fiches de lectures
- des commentaires littéraires
- des questionnaires de lecture
- des résumés

**Retrouvez
notre offre complète sur
lePetitLittéraire.fr**

www.lepetitlitteraire.fr

ISBN version numérique : 9782808684569
ISBN version papier : 9782808685368
Dépôt légal : D/2023/12603/1036

Conception numérique : Primento,
le partenaire numérique des éditeurs.